EXPLICATION LITTÉRALE

DE

SEPT FABLES CHOISIES,

Chacune suivie d'un sens moral,

à l'usage des écoles primaires,

PAR

J.-P. ANDERHUBER,

Instituteur du degré supérieur, auteur de plusieurs ouvrages
élémentaires.

BELFORT,

Imprimerie et Lithographie de Léopold Michel.

1844.

EXPLICATION LITTÉRALE

DE

SEPT FABLES CHOISIES,

Chacune suivie d'un sens moral,

à l'usage des écoles primaires,

PAR

J.-L. ANDERHUBER,

*Instituteur du degré supérieur, auteur de plusieurs ouvrages
élémentaires.*

BELFORT,

Imprimerie et Lithographie de Léopold Michel.

—

1844.

LA BREBIS (1) ET LE CHIEN (2).

La brebis et le chien de tous temps (5) bons amis,
Se racontaient un jour leur vie infortunée. (4)
Ah ! disait la brebis, je pleures et je frémis, (5)
Quand je songe (6) aux malheurs de notre destinée. (7)
Toi, l'esclave (8) de l'homme, adorant (9) des in-
[grats,] (10)
Toujours soumis, (11) tendre (12) et fidèle, (13)
Tu reçois pour prix de ton zèle, (14)
Des coups et souvent le trépas. (15)
Moi, qui tous les ans les habille, (16)
Qui leur donne du lait, et qui fume leurs champs, (17)
Je vois chaque matin quelqu'un de ma famille (18)
Assassiné (19) par ces méchants :
Leurs confrères (20), les loups (21) dévorent (22) ce
[qui reste.]

---

(1) BREBIS, Quadrupède *(animal à quatre pieds)* portant laine, et qui est la femelle du bélier. La brebis *bêle.* (2) CHIEN, Quadrupède le plus intelligent, et le plus familier des animaux domestiques. Le chien *aboie.* Les petits chiens *glappissent, jappent.* (5) DE TOUT TEMPS, Toujours. (4) VIE INFORTUNÉE, Vie malheureuse. (5) FRÉMIR, Trembler de crainte, d'horreur, de colère ou de quelque autre passion. (6) SONGER, faire un *songe,* rêver, penser, considérer. (7) DESTINÉE, Vie, existence. (8) ESCLAVE, Qui n'est pas libre. (9) ADOSER, rendre à Dieu le culte qui lui est dû; Aimer avec une passion excessive. (10) INGRAT, qui ne reconnait pas une *grâce,* un bienfait reçu. (11) SOUMIS, qui est *sous* la puissance d'un autre; Disposé à obéir. (12) TENDRE, sensible à la compassion, à l'amitié et surtout à l'amour. (13) FIDÈLE, Qui garde sa *foi,* qui remplit ses devoirs, ses engagemens; Qui est constant dans ses affections, qui ne dérobe rien. (14) ZÈLE, affection vive pour le maintien ou le succès de quelque chose, pour les intérêts de quelqu'un. (15) LE TRÉPAS, La mort. (16) HABILLER, donner, mettre un *habit,* un vêtement. (17) FUMER UN CHAMP, Fournir, épandre du *fumier* sur une terre pour l'engraisser. (18) QUELQU'UN DE MA FAMILLE, Quelque mouton. (19) ASSASSINÉ, Tuer de dessin formé, attenter de guet-à-pens à la vie de quelqu'un. (20) CONFRÈRE, Membre d'un même corps; qui exerce la même profession, la même conduite. (21) LOUP, Quadrupède sauvage et carnassier, qui ressemble à un grand chien et qui, pressé par la faim, attaque l'homme et les animaux pour les dévorer. Le loup *hurle.* (22) DÉVORER, Manger une proie en la déchirant avec les dents.

Victimes de ces inhumains , (1)
Travailler pour eux seuls et mourir par leurs mains,
Voilà notre destin funeste , (2)
Il est vrai , dit le chien , mais crois-tu plus heureux
Les auteurs (3) de notre misère ? (4)
Va , (5) ma sœur , (6) il vaut encor mieux (7)
Souffrir (8) le mal que de le faire.

SENS MORAL.

Cette fable nous apprend qu'il ne faut jamais tirer raison (9) des injures , des offenses ou des outrages ; (10) que la satisfaction (11) de rendre le bien pour le mal est toujours plus douce et plus honorable (12) que la vengeance , (13) qui n'est jamais permise , parce qu'elle n'est jamais généreuse (14) et presque toujours injuste.

LE NID DE FAUVETTES (1).

Je le tiens , ce nid de fauvettes ;
Ils sont deux , trois, quatre petits !
Depuis si long-temps je vous guette : (2)
Pauvres oiseaux , vous voilà pris.
 Criez , sifflez , petits rebelles , (3)
Débattez-vous (4), oh! c'est en vain. (5)
Vous n'avez pas encore vos ailes ;
Comment vous sauver de ma main ?
 Mais quoi ; n'entends-je pas leur mère ,

(1) VICTIMES DE CES INHUMAINS, sacrifiés aux intérêts de ces êtres cruels, *sans humanité.* (2) DESTIN FUNESTE, Malheureux sort. (3) LES AUTEURS , Ceux qui causent. (4) MISÈRE , Malheur extrême. (5) VA, Soit tranquille. (6) MA SŒUR, Fille d'infortune, de malheurs comme moi. (7) IL VAUX MIEUX, Il est plus raisonnable, il faut préférer. (8) SOUFFRIR LE MAL , Ne pas s'en venger. (9) TIRER RAISON, Se venger. (10) OUTRAGE, action *outre* le droit et la raison. (11) SATISFACTION, Plaisir, joie, contentement. (12) HONORABLE, qui fait *honneur.* (13) VENGEANCE , Action de se *venger*, de punir. (14) GÉNÉREUSE , noble , élevé ; libéral.
(1) FAUVETTE , Petit oiseau dont le plumage tire sur le *fauve*, sur le roux, et qui *chante* agréablement. (2) GUETTER , Faire le *guet*, épier, observer à dessein de surprendre. (3) REBELLE, qui se *révolte*, qui se soulève contre son supérieur. (4) SE DÉBATTRE, Se démener, s'agiter, se tourmenter pour se dégager. (5) EN VAIN , Inutilement.

Qui pousse des cris douloureux ? (1)
Oui, je le vois, oui, c'est leur père,
Qui vient voltiger (2) autour d'eux.

Et c'est moi qui cause leur peine,
Moi qui, l'été, (3) dans ces vallons, (4)
Venais m'endormir sous un chêne, (5)
Au bruit de leurs douces chansons.

Hélas ! si du sein de ma mère
Un méchant venait me ravir, (6)
Je le sens bien, dans sa misère,
Elle n'aurait plus qu'à mourir. (7)

Et je serais assez barbare (8)
Pour vous arracher (9) vos enfants ?
Non, non, que rien ne vous sépare,
Non, les voici, je vous les rends.

Apprenez-leur dans le bocage (10)
A voltiger auprès de vous :
Qu'ils écoutent votre ramage, (11)
Pour former des sons (12) aussi doux.

Et moi, dans la saison prochaine,
Je reviendrai dans ces vallons,
Dormir quelque fois sous un chêne,
Au bruit de leurs jeunes chansons.

SENS MORAL.

Cette fable nous apprend que nous devons avoir
compassion (13) des malheureux; qu'il ne faut jamais
faire de mal à autrui ; (14) en un mot, que nous de-

---

(1) DOULOUREUX, Qui cause, qui marque de la *douleur*. (2)
VOLTIGER, *Voler* à petites reprises ; *voler* çà et là comme font
les abeilles, les papillons, et quelque fois les oiseaux. (3)
L'ÉTÉ, Pendant l'été, pendant la belle saison. (4) VALLON,
Petite *vallée*, espace de terre entre deux coteaux. (5) CHÊ-
NE, Arbre qui porte le *gland*, et dont certaines espèces, très-
communes dans nos forêts, acquièrent une grosseur et une hau-
teur considérables. (6) RAVIR, Enlever de force, emporter avec
violence. (7) ELLE N'AURAIT Q'A MOURIR, Elle en mourrait de
chagrin. (8) BARBARE, Cruel, inhumain. (9) ARRACHER, Tirer
par force une personne ou une chose de quelque lieu. (10) BOCAGE
Sorte de petit *bois*. (11) RAMAGE, Chant naturel des oiseaux. (12)
SON, Tout ce qu'on entend. (13) COMPASSION, Pitié, commiséra-
tion, affliction qu'on ressent pour le mal d'autrui. (14) AUTRUI,
Les *autres* personnes.

vous toujours agir (1) envers les autres comme nous aimerions qu'ils agissent à notre égard. (2)

LE LÉOPARD (1) ET L'ÉCUREUIL (2).

Un écureuil sautant, (3] gambadant (4) sur un
[chêne,]
Manqua sa branche, et vint, par un triste hasard (5)
    Tomber sur un vieux léopard,
    Qui faisait sa méridienne. (6]
Vous jugez (7) s'il eût peur (8) ! En sursaut s'éveil-
[lant.] (9)
    L'animal irrité [10) se dresse ; (11)
    Et l'écureuil s'agenouillant (12)
Tremble et se fait petit (13) aux pieds de son Altes-
te. (14)
    Après l'avoir considéré, (15)
Le léopard lui dit : Je te donne la vie ; (16)
Mais à condition que de toi je saurai
Pourquoi cette gaîté. (17) ce bonheur que j'envie (18)
Embellissent (19) tes jours, ne te quittent jamais ;

---

(1) AGIR, se donner du mouvement, se conduire, se comporter. (2) A NOTRE ÉGARD, envers nous.

(1) LÉOPARD, Quadrupède carnassier et féroce, qui a la peau tavelée, [mouchetée], tachetée, marquetée. Le léopard *miaule*. (2) ÉCUREUIL, Petit quadrupède qui vit dans les bois, et qui est fort joli et très-vif, et doué d'une telle agilité qu'il saute de branche en branche comme les oiseaux. (4) GAMBADER, Faire des *gambades*, sauter sans art et sans cadence. (5) PAR UN TRISTE HASARD, Par un malheur fortuit, imprévu. (6) FAIRE SA MÉRIDIENNE, prendre un sommeil court vers midi. (7) VOUS JUGEZ, Vous pouvez concevoir. (8) S'IL EUT PEUR, combien il fut effrayé. (9) S'ÉVEILLER EN SURSAUT, Etre éveillé subitement par quelque grand bruit, ou par quelque violente agitation. (10) IRRITER QUELQU'UN, Le mettre en colère. (11) SE DRESSER, se lever, se tenir *droit*. (12) S'AGENOUILLER, Se mettre à *genoux*. (13) SE FAIRE PETIT, s'abaisser devant quelqu'un, par respect ou par crainte. (14) ALTESSE, titre d'honneur qu'on donne à différents princes ; au léopard considéré comme le prince des animaux quadrupèdes. (15) CONSIDÉRER, regarder attentivement. (16) DONNER LA VIE A SON ENNEMI, Ne pas le tuer quoiqu'on le puisse. (17) GAITÉ, Joie, allégresse, belle humeur. (18) ENVIER, Porter *envie*, souhaiter pour soi-même. (19) EMBELLIR, rendre plus *beau*, plus *belle*, plus agréable.

Tandis que (1) moi, roi des forêts (2)
Je suis si triste et je m'ennuie. (3)
Sire, (4) lui répond l'écureuil,
Je dois à votre bon accueil (5)
La vérité; (6) mais, pour la dire,
Sur cet arbre un peu haut je voudrais être assis.
Soit, (7) j'y consens : monte. — J'y suis.
A présent je peux vous instruire. (8)
Mon grand secret (9) pour être heureux
C'est de vivre dans l'innocence (10)
L'ignorance (11) du mal fait toute ma science : (12)
Mon cœur est toujours pur, [13] cela rend bien joyeux [14]
Vous ne connaissez pas la volupté suprême (15)
De dormir sans remords ; (16) vous mangez les
[Chevreuils] (17)
Tandis que je partage à tous les écureuils
Mes feuilles et mes fruits; vous haïssez [18] et j'aime [19]
Tout est dans ces deux mots. Soyez bien convaincu [20]
De cette vérité que je tiens de mon père : [21]
Lorsque notre bonheur (22) nous vient de la vertu [23]
La gaîté vient bientôt de notre caractère. [24]

---

(1) TANDIS QUE, Pendant que. (2) ROI DES FORÊTS, le plus noble
des animaux qui habitent les forêts. (3) S'ENNUYER, Trouver de
l'ennui, avoir du déplaisir. (4) SIRE, titre qu'on donne aux empe-
reurs et aux rois, en leur parlant ou en leur écrivant. (5) BON
ACCUEIL, Réception favorable. (6) LA VÉRITÉ, Ce qui est *vrai*,
ce qu'on pense. (7) SOIT, Que cela *soit*, je le veux bien. (8)
INSTRUIRE, donner de *l'instruction*, des leçons pour les mœurs,
pour la manière de vivre. (9) SECRET, Ce qu'il ne faut dire à
personne, moyen connu pour faire certaines choses. (10) VIVRE
DANS L'INNOCENCE, Rester *innocent*, ne jamais faire de mal. (11)
IGNORANCE, Défaut de connaissance, manque de savoir. (12) FAIT
TOUTE MA SCIENCE, Voilà tout ce que je sais. (13) UN CŒUR PUR,
Un cœur sans défaut, qui n'a rien à se reprocher. (14) JOYEUX, qui
a de la *joie*, du plaisir, du contentement. (15) VOLUPTÉ SUPRÊME,
Plaisir de l'âme au-dessus de tous. (16) REMORDS, Reproche de
concience. (17) CHEVREUIL, Bête fauve beaucoup plus petite que
le cerf, et qui a quelque chose de la figure de la *chèvre*. (18)
HAÏR, Vouloir du mal à autrui. (19) AIMER, Avoir de *l'amour*, de
l'attachement pour les autres. (20) CONVAINCRE, Persuader, assu-
rer. (21) QUE JE TIENS DE MON PÈRE, Que mon père m'a apprise.
(22) BONHEUR, Etat heureux, félicité. (23) VERTU, Disposition
ferme et constante de l'âme, qui nous porte à faire le bien et à
fuir le mal. (24) CARACTÈRE, Ce qui distingue une personne des

SENS MORAL.

Cette fable nous apprend que pour être heureux, il faut aimer son prochain et pratiquer la vertu, c'est-à-dire, chercher à faire le bien et éviter [1] le mal

---

LA CIGALE (1) ET LA FOURMI (2).

La cigale, ayant chanté.[3]
    Tout l'été, [4]
Se trouva fort dépourvue, [5]
Quand la bise fut venue. [6]
Pas un seul petit morceau
De mouche [7] ou de vermisseau. [8]
Elle alla crier famine [9]
Chez la fourmi sa voisine,
La priant de lui prêter [10]
Quelque grain pour subsister, [11]
Jusqu'à la saison nouvelle. [12]
Je vous paîrai, lui dit-elle,
Avant l'août, [13] foi d'animal, (14)
Intérêt [15] et principal. [16]
La fourmi n'est pas prêteuse, [17]

---

autres à l'égard des mœurs, de l'âme ou de l'esprit. (1) ÉVITER, Prendre des détours, s'écarter pour ne pas trouver occasion.

(1) CIGALE, Insecte qui vole et qui fait un bruit aigu et importun dans les champs pendant l'été. (2) FOURMI, Petit insecte qui vit en société et qui fait ordinairement sa demeure sous terre. (3) AYANT CHANTÉ, Après avoir eu chanté. (4) TOUT L'ÉTÉ, Pendant tout l'été, durant la belle saison. (5) SE TROUVER DÉPOURVU, Ne rien avoir pour son entretien. (6) BISE. Vent froid du nord ; QUAND LA BISE FUT VENUE, Lorsque l'hiver fut arrivé. (7) MOUCHE, Insecte à deux ailes, dont une espèce est fort commune, et généralement tous les insectes dont les ailes sont transparentes. (A travers lesquels on voit les objets.) La mouche bourdonne. (8) VERMISSEAU, Petit ver de terre. (9) CRIER FAMINE, Se plaindre hautement de la disette, dans la crainte de mourir de faim. (10) PRÊTER, donner une chose, sous condition que celui qui la reçoit la rendra. (11) QUELQUE GRAIN POUR SUBSISTER, Quelque peu de chose pour vivre et s'entretenir. (12) LA SAISON NOUVELLE, Le printemps, la prochaine récolte. (13) AVANT L'AOUT, Avant la moisson qui se fait au mois d'août. (14) FOI D'ANIMAL, Aussi vrai que je suis un honnête animal. (15) INTÉRÊT, profit qu'on retire ou qu'on doit de l'argent prêté. (16) PRINCIPAL, Fonds capital, somme principale, qu'on place à intérêts. (17) LA FOURMI N'EST PAS PRÊTEUSE,

C'est là son moindre défaut. [1]
Que faisiez-vous au temps chaud ?
Dit-elle à cette emprunteuse. [2]
— Nuit et jour, (20) à tout venant (3)
Je chantais, ne vous déplaise. (4)
— Vous chantiez ! j'en suis fortaise ; (5)
Eh bien ! dansez maintenant. (6)

SENS MORAL.

Cette fable nous apprend que ceux qui, comme la cigale, passent leurs beaux jours (7) dans les plaisirs et l'oisiveté, (8) se réduisent à mendier leur pain étant vieux, chez ceux qui, à l'instar (9) de la fourmi, sont laborieux (10) et économes. (11)

LE VIEUX PAPILLON (1) ET LE JEUNE.

Fuyez, [2] mon fils, fuyez cette flamme [3] infidèle,
Disait un jour, à son cher nourrisson, [4]
    Un vieux routier [5] de papillon ;
Moi-même, mainte fois [6] je m'y suis brûlé l'aile,

La fourmi, cette personne n'aime point à *prêter*.
(1) Défaut, Vice, imperfection morale. (2) Emprunter, Demander et recevoir en *prêt*. (3) Nuit et jour, Sans cesse, continuellement. (4) A tout venant, Au premier *venu*, à tous ceux qui se présentent. (5) Ne vous déplaise, Que cela ne fasse pas mauvais effet sur vous ; que cela ne vous offense pas. (6) J'en suis fort aise, J'en suis très-content ; je n'ai rien à vous dire là-dessus. (7) Dansez maintenant, Ne cessez point d'être gai ; Souffrez actuellement l'effet de votre imprudence. (8) Les beaux jours, Le temps de la jeunesse ; les moments de prospérité. (9) Oisiveté, Etat de celui qui est *oisif*, qui ne fait rien. (10) A l'instar, Comme, à l'exemple de... (10) Laborieux, Qui aime le *labeur* ; qui travaille beaucoup. (11) Econome, Ménager, qui ne fait point de dépenses mal à propos.

(1) Papillon, Insecte volant, à quatre ailes, couvertes d'écailles fines comme de la poussière. (2) Fuir, se mettre en *fuite*, courir pour se sauver d'un péril. (3) Flamme, Partie du feu qui s'élève au-dessus de la matière qui brûle. (4) Nourrisson, Enfant qu'on *nourrit*. (5) Vieux routier, qui sait bien les *routes* et les chemins ; Homme exercé aux affaires par une longue expérience, par une grande pratique. (6) Mainte fois, Bien des *fois*, très-souvent.

Moi-même, bien souvent, j'ai manqué d'y rester : [1]
Fuyez-la donc, vous dis-je, avec un soin extrême. [2]
Le jeune papillon promit de l'éviter.
    Mais pourqnoi donc, disait-il en lui-même,
Me tant recommander [3] d'éviter ce flambeau ? [4]
    Il est si brillant [5] et si beau !
    Les vieilles gens sont trop timides [6]
    Un nain [7] leur paraît un géant ; [8]
Un petit moucheron [9] leur est un éléphant. [10]
    S'il fallait les prendre pour guides, [11]
On ne verrait partout que piéges, [12] que dangers : [13]
Voyons donc ces lueurs [14] qu'on nous dit si perfi-
                                            [des,] [15]
Et mettons-nous nous-même en état d'en juger. [16]
A ces mots, [17] tout autour des flammes homici-
                                            [des] [18]
Notre papillonneau [19] se met à voltiger.
Il n'y ressent [20] d'abord qu'une chaleur flatteuse. [21]

---

(1) MANQUER DE RESTER, Faillir perdre la vie ; être sur le point de mourir. (2) AVEC UN SOIN EXTRÊME, Avec toute l'attention possible. (3) RECOMMANDER, *commander* à plusieurs reprises, Ordonner de faire ; Conseiller fortement. (4) FLAMBEAU, Espèce de torche de cire qu'on porte à la main ; *Petite flamme ;* Chandelier. (5) BRILLANT, qui *brille*, qui a un grand éclat. (6) TIMIDE, Craintif, Peureux ; qui manqe de hardiesse et d'assurance. (7) NAIN, NAINE, Qui est d'une taille beaucoup plus petite que la taille ordinaire. (8) GÉANT, GÉANTE, qui excède de beaucoup la statue ordinaire des hommes. (9) MOUCHERON, Petite *mouche*. (10) ELÉPHANT, Le plus grand des quadrupèdes, qui a une trompe, et dont les dents principales, quand elles sont détachées de la bouche de l'animal s'appellent *Ivoire*. FAIRE D'UN MOUCHERON UN ÉLÉPHANT, Exagérer extrèmement une petite chose. (11) GUIDE, Qui accompagne une personne pour lui montrer le chemin ; Qui donne des instructions pour la conduite de la vie, ou pour celle d'une affaire. (12) PIÉGE, Machine pour attraper certains animaux par les *pieds*, comme les loups, les renards, etc, artifice dont on se sert pour tromper quelqu'un. (13) DANGER, Risque, Péril, ce qui est ordinairement suivi d'un malheur, ou qui expose à une perte, à un dommage. (14) LUEUR, *lumière* faible ou affaiblie. (15) PERFIDE, Qui manque à sa foi, à sa parole ; Déloyal, traitre ; Qui manque à la confiance qu'on a mise en lui. (16) SE METTRE EN ÉTAT DE JUGER D'UNE CHOSE, Chercher les moyens pour en découvrir les défauts ou les avantages. (17) A CES MOTS, Après avoir ainsi parlé. (18) HOMICIDE, Qui tue l'*homme* ; Meurtrier. (19) PAPILLONNEAU, Jeune *Papillon*. (20) RESSENTIR, *Sentir*, éprouver (21) CHALEUR FLATTEUSE, sensation produite par un corps *chaud* de manière que celui qui l'éprouve en est *flatté*, la trouve agréable.

Il suit cette amorce trompeuse ; [1]
De plus près il veut la sentir. [2]
La flamme, par sa violence, (3)
　Le consume (4) et le fait périr. (5)
Voilà ce que produit la désobéissance. (6)

SENS MORAL.

Cette fable nous apprend que les enfants et les
jeunes gens en général, doivent se soumettre(7) à la volonté de leurs parents, de leurs maîtres; que ceux-ci,
par leur âge et par leur expérience, (8) sont capables
de discerner (9) le bien d'avec le mal, et par conséquent à même de prévoir (10) le danger. Enfin que la
désobéissance peut engendrer (11) les plus grands
maux, et causer entièrement la perte de l'homme.

LE CHIEN COUPABLE (1).

Mon frère, sais-tu la nouvelle? (2)
Moufflard, (3) le bon Mouflard, de nos chiens le mo
　　　　　　　　　　　　[dèle, (4)]
Si redouté (5) des loups, si soumis au berger, (6)
　Mouffard vient, dit-on, de manger
Le petit agneau noir, puis la brebis sa mère,
Et puis sur le berger s'est jeté furieux. (7)

(1) AMORCE trompeuse, Ce qui attire la volonté en flattant
les sens ou l'esprit, et qui les *trompe* en même temps. (2) SENTIR,
Recevoir quelque impression par le moyens des *sens*. (3). VIO
LENCE, Grande force. (4). CONSUMER, Réduire à rien, Déruire, user entièrement. (5). PÉRIR, Mourir ; Prendre une fin
malheureuse. (6). DÉSOBÉISSANCE, Manque ou refus *d'obéissance*,
Refus de faire ce qui nous est commandé. (7). SE SOUMETTRE,
Se mettre *sous* la puissance ou l'autorité d'un autre. (8). EXPÉ
RIENCE, Connaissance des choses, acquise par un long usage.
(9) DISCERNER LE BIEN D'AVEC LE MAL, Reconnaître ce qui est bien
et ce qui ne l'est pas. (10) PRÉVOIR, *Voir par* avance, Voir les
choses futures. [11]. ENGENDRER, Etre cause, produire.

(1) COUPABLE, Qui a fait un mauvais *coup*, qui a commis quelque crime, quelque faute. (2) NOUVELLE, Ce qui vient d'arriver,
ce qui vient de se passer. (3) MOUFLARD, E, Celui, celle qui a le
visage gros et rebondi. (4) MODÈLE, Exemple qu'il faut suivre ;
personne qui possède les meilleures qualités, les plus grandes vertus. (5) REDOUTER, Craindre fort. (6) BERGER, BERGÈRE, qui garde
les moutons les brebis, etc. (7) S'EST JETÉ FURIEUX, Se lança avec
furie, avec violence.

— Serait-il vrai ? — Très vrai, mon frère.
— A qui donc se fier ? (1) grands dieux ! (2)
C'est ainsi que parlaient deux moutons (3) dans la
[plaine], (4)
Et la nouvelle était certaine, (5)
Moufard, sur le fait même pris, (6)
N'attendait plus que le supplice ; (7)
Et le fermier (8) voulait qu'une prompte justice (9)
Effrayât (10) les chiens du pays.
Moufard recevra donc deux balles (11) dans la tête,
Sur le lieu même du délit. (12)
A son supplice qui s'apprête (13)
Toute la ferme se rendit. (14)
Les agnaux de Moufard demandèrent la grâce ; (15)
Elle fut refusée. (16) On leur fit prendre place : (17)
Les chiens se rangèrent (18) près d'eux ,
Tristes , (19) humiliés , (20) mornes , (21) l'oreille
[basse,] (22)
Plaignant , (23) sans l'excuser , (24) leur frère mal-
[heureux.]

---

(1) SE FIER A QUELQU'UN , Mettre sa *confiance* en quelqu'un ,
(2) GRANDS DIEUX ! Exclamation d'étonnement, de crainte.
(3) MOUTON , Nom générique des béliers, brebis et agneaux
quand ils sont en troupes. [4] PLAINE , *Plate* campagne, grande
étendue de terre sans montagnes. (5) CERTAIN, E , Indubitable,
vrai, sûr. (6) SUR LE FAIT MÊME PRIS, Empoigné aussitôt qu'il a
eu *fait* son coup. (7) SUPPLICE , Punition corporelle ordonnée
par la justice. (8) FERMIER, FERMIÈRE , Qui prend à *ferme* ; qui
jouit d'une terre pour un certain temps et moyennant un certain
prix. (9) PROMPTE JUSTICE , Jugement sans retard ; Pouvoir de
faire droit à chacun , de récompenser et de punir. (10) EFFRAYER,
Inspirer , Donner de la *frayeur* , épouvanter. (11) BALLE , Petite
boule, ordinairement de plomb dont on charge les fusils, les pis-
tolets, et autres armes à feu. (12) DÉLIT , Violation *de la loi*.
(13) S'APPRÊTER , Se mettre *prêt* ; Se préparer. (14) TOUTE LA
FERME SE RENDIT, Tous ceux qui habitent la *ferme*, la métairie
s'y transportèrent. (15) DEMANDER LA GRACE , Supplier pour ob-
tenir le pardon de son crime. (16) REFUSER, Faire *refus* ; ne
pas accorder ce qui est demandé, offert. (17) PRENDRE PLACE ,
S'asseoir. (18) SE RANGER, Se mettre en *rang,* se placer. (19)
TRISTE , Affligé , abattu de chagrin. (20) HUMILIÉ, Abaissé, mor-
tifié , confus, (21) MORNE , Triste , Sombre et abattu , comme
portant le deuil. (22) AVOIR L'OREILLE BASSE, Etre humilié , mor-
tifié par la honte , par quelque mauvais succès. (23) PLAINDRE ,
Avoir pitié , avoir compassion des autres ; Etre touché du mal
des autres. (24) EXCUSER quelqu'un, Donner des raisons pour le dis-

Tout le monde attendait dans un profond silence. (1)
Mouflard paraît (2) bientôt , conduit par deux pas-
[teurs ,] (3)
Il arrive , et levant au ciel (4) ses yeux en pleurs, (5)
    Il harangue (6) ainsi l'assistance : (7)
O vous qu'en ce moment je n'ose et je ne puis
Nommer , comme autrefois , mes frères , et mes amis ,
    Témoins de mon heure dernière ; (8)
Voyez où peut conduire un coupable désir ! (9)
De la vertu quinze ans j'ai suivi la carrière, (10)
    Un faux pas (11) m'en a fait sort'r.
Apprenez mes forfaits. (12) Au lever de l'aurore, (13)
Seul auprès du grand bois , je gardai le trou-
[peau;] (14)
    Un loup vient , emporte (15) un agneau ,
    Et tout en fuyant (16) le dévore.
Je cours , j'atteins (17) le loup , qui laissant son fes-
[tin ,] (18)
    Vient m'attaquer : (19) je le terrasse, (20)
    Et je l'étrangle (21) sur la place.
C'était bien jusque là : mais pressé par la faim , (22)

culper d'une faute, pour l'en justifier auprès d'un autre. (1) PRO-
FOND SILENCE, Silence extrême; lorsqu'on n'entend pas le moindre
bruit. (2) PARAÎTRE , Se faire ; se laisser voir. (3) PASTEURS, Qui
garde les troupeaux ; Ministre protestant. (4) LEVER LES YEUX AU
CIEL, Tourner les yeux vers le ciel. (5) AVOIR LES YEUX EN PLEURS,
Pleurer fortement, amèrement. (6) HARANGUER , Prononcer une
harangue , un discours public. (7) ASSISTANCE , Tous ceux qui *as-
sistent* , qui sont présents à une action publique. (8) HEURE DER-
NIÈRE , L'heure, le moment de la mort. (9) COUPABLE DÉSIR , Sou-
hait blâmable. (10) DE LA VERTU QUINZE ANS J'AI SUIVI LA CARRIÈRE,
Pendant , Durant quinze ans je n'ai fait que le bien et évité le
mal. (11) FAIRE UN FAUX PAS , Faire une faute dans sa conduite.
(12) FORFAIT , Crime énorme commis avec audace. (13) AURORE .
heure dorée; Lueur brillante est rosée, (comme la *rose*) et qui
paraît dans le ciel , avant que le soleil soit sur l'horizon. (14)
TROUPEAU , *troupe ,* de moutons , de brebis ; Nombre plus ou
moins grand d'animaux domestiques de même espèce se trou-
vant ensemble. (15) EMPORTER , *Porter en* un autre lieu , enlever de force. (16) TOUT EN FUYANT , Dans la *fuite* ; Pendant qu'on
se sauve. (17) ATTEINDRE , *Tendre* à ; Toucher à : Attrapper en
chemin ; Joindre celui ou celle qu'on poursuit. (18) FESTIN, Repas de *fête ,* repas magnifique ; Banquet. (19) ATTAQUER , Assail-
lir , être agresseur; Commencer le combat. (20) TERRASSER ,
Jeter de force par *terre.* (21) ETRANGLER , Faire perdre la respi-
ration ou la vie , en pressant le gosier ou en le bouchant. (22)
PRESSÉ PAR LA FAIM , Ayant une faim extrême.

De l'agneau dévoré je regarde le reste ,
J'hésite , (1) je balance (2)... A la fin cependant,
   Je porte une coupable dent :
Voilà de mes malheurs l'origine funeste. (3)
    La brebis vient dans cet instant ,
    Et jette des cris de mère. (4)
La tête m'a tourné (5) , j'ai craint que la brebis
Ne m'accusât (6) d'avoir assassiné son fils ;
    Et pour la forcer à se taire , (7)
    Je l'égorge (8) dans ma colère. (9)
Le berger accourait [10) armé de son bâton. (11)
    N'espérant plus aucun pardon, (12)
Je me jette sur lui:(13)mais bientôt on m'enchaîne,(14)
    Et me voici prêt à subir (15)
    De mes crimes la juste peine. (16)
Apprenez tous du moins , (17) en me voyant mourir
    Que la plus légère injustice (18)
Aux forfaits les plus grands peut conduire d'abord; (19)
    Et que dans le chemin du vice (20)
    On est au fond du précipice, (21)

---

(1) Hésiter, Etre embarassé à parler, ne pas trouver facilement ce qu'on veut dire. (2) Balancer, Tenir en équilibre , Peser dans son esprit; Examiner les raisons pour et contre. [3] Origine funeste, mauvaise source, Malheureux commencement. (4) Cris de mère, Plaintes , gémissements d'une mère qui est dans l'oppresion, dans l'affliction. (5) La tête m'a tourné, J'ai perdu l'esprit ; J'étais troublé. (6) Accuser, imputer un crime, une faute à quelqu'un. (7) Se taire , conserver le silence ; Ne rien dire ; ne pas faire de bruit. (8) Ecorger , Couper la *gorge*; Prendre par la *gorge* et tuer (9) Colère, Mouvement désordonné de l'âme par lequel nous sommes excités avec violence contre ce qui nous blesse. (10) Accourir , *Courir à*, Courir promptement en un lieu où quelque chose nous attire. (11) Armé d'un baton, Muni d'un baton, (12) Pardon , Rémission d'une offense , d'une faute, d'un péché. (13) Se jeter sur quelqu'un, Se lancer sur quelqu'un pour le tuer; Se précipiter sur quelqu'un pour lui donner la mort.(14)Enchaîner, Lier, attacher, retenir avec une *chaîne*. (15) Prêt a subir, Sur le point d'expier, de supporter de force la peine imposée. (16) La juste peine, Le châtiment, la punition méritée, (17) Apprenez tous du moins , Souvenez-vous tous particulièrement et pour toujours.(18)La plus légère injustice, Le moindre acte qui n'est pas *juste* ; La moindre action mauvaise. (19) D'abord, Premièrement, au commeiïcèment. (20) Le chemin du vice , L'habitude du mal. (21) Etre au fond du précipice , Etre plongé dans le plus grand malheur. précipice, Abîme, lieu très-profond où l'on ne peut tomber sans péril de sa vie.

Dès qu'on [1] met un pied sur le bord. (2)

SENS MORAL.

Cette fable nous apprend que, quels que soient le lieu et les circonstances (3) qui nous entourent, (4) il ne faut jamais commettre (5) la plus légère injustice ; que la justice est la mère des vertus, (6) et que celui qui s'en écarte, (7) qui fait le moindre mal, s'expose (8) au plus grand des malheurs.

LE CORBEAU (1) ET LE RENARD (2).

Maître corbeau (3) , sur un arbre perché, (4)
Tenait en son bec un fromage, (5)
Maître renard , (6) par l'odeur alléché (7)
Lui tint à peu près ce langage : (8)
Hé ! bon jour , Monsieur du corbeau (9)
Que (10) vous êtes joli ! Que (10) vous me semblez
[beau !]
Sans mentir , si votre ramage
Se rapporte à votre plumage , (11)
Vous êtes le phénix (12) des hôtes de ces bois (13)

(1) Dès que , Aussitôt que. (2) Etre au bord du précipice , etre sur le bord du précipice, Etre prêt de tomber dans un malheur , dans quelque grand danger. Etre sur le point de se perdre, d'être ruiné. (3) Circonstance , Particularité qui accompagne un fait, une nouvelle, etc. (4) Entourer, Mettre *autour*, Se trouver *autour* ; Environner. (5) Commettre , Faire des péchés , des crimes , des fautes. (6) La mère des vertus , La cause , la source de tout bien. (7) S'écarter, S'éloigner, Ne pas pratiquer. (8) S'exposer , Se mettre au hasard ; hasarder.

(1) Corbeau , Gros oiseau carnassier d'un plumage noir , qui vit ordinairement de charognes. (*chair corrompue*). Le corbeau *croasse*. (2) Renard Quadrupède carnassier à longue queue touffue, qui mange les poules , les oies , les lapins , etc., et qui est fort rusé. Le renard *glapit*. (3) Maître corbeau, le plus gros, le plus beau des corbeaux. (4) Sur un arbre perché , Dressé sur une branche d'arbre. Percher, c'est se mettre sur une *perche* , sur un brin de bois sur lequel on étend du linge, pour se reposer et dormir, en parlant de la volaille. (5) fromage , Composé de lait caillé qu'on sèche, qu'on sale et qu'on mange, (6) Maître renard , le plus fin , le plus rusé des renards. (7) par l'odeur alléché , Attiré par le goût du fromage. (8) Lui tint à peu près ce langage , Lui parla environ de cette manière. (9) Hé ! bonjour monsieur du corbeau ! Je vous salue, seigneur des corbeaux. (10) que, Combien. (11) Se rapporte a votre plumage, Est aussi beau que vos plumes sont belles. (12) Phénix , Oiseau fabuleux qui, suivant l'opinion de quelques anciens, était unique

A ces mots, le corbeau ne se sent pas de joie ; (1)

   Et pour montrer sa belle voix , (2)

Il ouvre un large bec , (3) laisse tomber sa proie. (4)

Le renard s'en saisit, (5) et dit : Mon bon mon-
                              [sieur,] (6)

   Apprenez que tout flatteur (7)

   Vit aux dépens (8) de celui qui l'écoute.

Cela vaut bien un fromage , sans doute.

   Le corbeau , honteux (9) et confus , (10)

Jura, mais un peu tard, qu'on ne l'y prendrait plus. (11)

SENS MORAL.

Cette fable nous apprend que nous devons nous défier (12) de ces gens qui nous louent (13) en face et
outre mesure , (14) que ce ne sont que des flatteurs
employant toutes les ruses (15) de leur imagination (16)
pour nous plaire , gagner notre confiance , et par là
mieux atteindre leur but (17) qui tend uniquement à
séduire (18) et à nous tromper. (19)

---

dans son espèce, vivait plusieurs siècles, et renaissait de sa
cendre. Il se dit aussi d'une personne qu'on prétend unique ou
rare dans son espèce , qu'on trouve supérieure à toutes les autres
personnes qui suivent la même carrière. (13) Les hôtes des bois,
Les animaux des forêts. (1) Ne pas se sentir de joie , Etre
transporté de joie , de plaisir. (2) Pour montrer sa voix , pour
faire entendre sa voix , son chant. (3) Il ouvre un large bec ,
Il ouvre très-largement son bec. (4) Sa proie , Son fromage
qu'il avait ravi pour le manger. (5) Saisir , Prendre tout d'un
coup avec effort , avec vigueur ou avec vitesse. (6) Mon bon
monsieur , Vous qui avez tant de complaisance pour moi. (7)
Flatteur , flatteuse , Celui, celle , qui *flatte* , qui cherche à se
faire bien venir par de fausses louanges. (8) Vivre aux dépens
d'un autre, Se nourrir au détriment, par la perte, par le sacrifice
d'un autre. (9) Honteux , Rempli de *honte* , qui cause de la
honte. (10) Confus, Embarrassé, ne sachant que faire et recon-
naissant son tort. (11) Jura qu'on ne l'y prendrait plus , Prit là
ferme résolution de ne plus se laisser séduire , que dorénavant
il ne commettrait plus la même faute.

(12) Se défier de quelqu'un, Ne pas accorder sa confiance à
quelqu'un qu'on connaît par ses mauvaises dispositions. (13)
Louer, Donner des *louanges* , dire beaucoup de bien. (14) Outre
mesure, beaucoup au delà de la vérité. (15) Ruse, finesse, Artifice,
moyen dont on se sert pour tromper. (16) Imagination ,
de l'ame par laquelle elle *imagine* , elle se forme de
des idées, les combine entre elles , etc. (17) Atteindre son but ,
Réussir dans son entreprise , dans ses vues. (18) Séduire , Gagner par les charmes, tromper. (19) Tromper, Induire en erreur,
Séduire, abuser de la confiance , Soustraire ; Etre infidèle.